아무렇지도 않게 행복한 날

아무렇지도 않게 행복한 날

김옥림 시집

창작시대사

시인의 말

한 편의 시를 쓴다는 것은
무에서 유를 창조하는 행위이다.
나의 시 쓰기에 동행이 되어 준
고통과 환희와 때론
무명無明 같은 고독과 적막에게
이 시집을 바친다.

2022년 8월 참 좋은 날
김옥림

차례

제 2부
너를 꽃이 되게 하라

제 3부
오늘 살아있음을 감사하라

제 4부
참 맑은 날 같은 사람

제 5부
바흐와 무반주 첼로

제 6부
별이 가슴에서 빛날 때

제 1부

아무렇지도 않게 행복한 날

별

사람들 가슴엔
별이 살고 있다

사랑이라는
참 맑고 아름다운 별

한 번만 더 말해주세요

오늘 사랑하는 이가
당신 곁에서 웃고 있을 때
한 번만 더
사랑한다고 말해주세요

오늘 사랑하는 이와 함께
푸른 하늘을 바라볼 수 있음에
한 번만 더
고맙다고 말해주세요

오늘 사랑하는 이에게
마음 아프게 한 일이 있다면
한 번만 더
미안하다고 말해주세요

지금 이 순간 사랑하는 이가
당신 곁에 있다는 것은
그것만으로도
눈물이 날만큼 감사한 일이지요

사랑하는 이의 얼굴을
날마다 바라볼 수 있음에
한 번만 더
사랑한다고 고맙다고
미안하고 감사하다고 말해주세요

책

내 방의 주인은
내가 아니다

내 방엔 커다란 의자가
두 개 있는데
그 의자까지도 책들이
차지하고 앉았다

마치, 그 모습이
꼿꼿한 옛 선비를 닮았다

내 영혼을 맑게 씻어 주고
내 심장을 타고 흐르는
뜨거운 피를
더욱 뜨겁게 만들어 주는
책

내 방의 주인은
책이다
책이 있어
나의 행복은 무궁하다

아무렇지도 않게 행복한 날

살아가다보면
그냥,
아무렇지도 않게 행복한 날이 있다

보는 것마다 다 예뻐 보이고,
듣는 것마다 다 노래 같이 들린다

만나는 사람마다 다 즐거워 보이고,
하는 깃마다 다 잘 된다

그런 날은

그냥,
아무렇지도 않게 행복하다

그냥 좋다

아침에 눈을 떴을 때
환한 햇살이 창가를 가득 비추고,

창문을 열었을 때
맑고 상큼한 공기가 머리부터 발끝 까지
시원하게 어루만져 줄 땐,

몸과 마음이 환하게 맑아진다

이런 날은
집을 나서는 순간부터

그냥,
아무렇지도 않게 좋다

풀꽃을 닮은 사람

산과 들에 아무렇게나 피어 있는 풀꽃
그리 예쁠 것도 없고 향기 또한 없지만,
풀꽃이 아름다운 것은
나무와 꽃 산과 들의 푸른 배경이 되어
있는 듯 없는 듯
제 몸을 아낌없이 내어주기 때문이다
이처럼 진실로 아름다운 것들은
자신을 드러내지 않고
소리 없이 묵묵히 제 몫을 다한다
그런 까닭에 풀꽃을 닮은 사람을 보면
아무렇지도 않게 그냥 기분이 좋아진다
그래서 그가 누구든
가만히 다가가 두 손을 꼭 잡아주고 싶다

장미

길을 가다
담 너머로 고개를 쑥 내밀고
환하게 웃고 있는 장미를 보았을 때,

맑고 향기로운
웃음을 선물 받은 것만 같아

그냥,
아무렇지도 않게 좋다

맑은 사랑

햇살이 맑은 날은 햇살이 되고,
바람이 좋은 날은 바람이 되어라

비가 좋은 날은 비가 되고,
눈이 좋은 날은 눈이 되어라

그러나
전율이 일도록 사랑하고 싶은 날은
그 모두를 다 잊고,

맑은 사랑이 되어라

삶의 별들은 따뜻하다

사랑이 없다면
세상은 얼마나 적막할까

사랑하는 사람이 없다면
세상은 얼마나 쓸쓸할까

세상이 적막하지 않은 것은
사랑이 있기 때문이다

세상이 아름다운 것은
사랑하는 사람이 있기 때문이다

사랑,
사랑이 있고, 사랑하는 사람이 있어,

삶의 별들은 따뜻하다

바람이 예쁜 날

바람이 예쁜 날은 그냥 좋다

누가 만나자고 연락하지 않아도
그냥 밖으로 나가
같은 길을 몇 번이고 걸어도 좋고,
한 번도 가보지 않은 길도
낯설지가 않아 좋다

바람이 예쁜 날은 그냥 좋다

밖이 훤히 내다보이는 분위기 좋은 카페에서
한 잔의 차를 마셔도 좋고,
공원 벤치에 앉아 멍을 때려도 좋고,
오가는 사람들을 바라만 봐도 마냥 좋다

바람이 예쁜 날은
좋은 사람을 만난 것처럼 참 좋다

오월

온 세상이 거대한 화원이다

온 세상이 거대한 수목원이다

온 세상이 거대한 사랑이다

그래서 오월은 슬프도록 아름답다

내가 사랑하는 시

맑은 달빛을 가려 뽑아
곱게 빚어 놓은 것만 같은 시
아침 이슬보다 맑고
영롱한 물빛이 톡톡 튀어오를 것만 같은 시
시를 읊조리다 보면 지금은 곁에 없지만
사랑하는 이를 꼭
다시 만날 것만 같은 희망이 담겨있는 시
산그늘이 지는
저녁 강변에서 들려오는 맑은 강물 소리가
가슴 깊이 해금소리로 되살아 날 것만 같은 시
그 어린 시절 미국으로 떠난
누님의 모습이 살포시 떠오르며 금방이라도
사뿐사뿐 내게로 올 것만 같은 시
어린 시절 느티나무
아래서 오순도순 이야기를 나누며
꽃 같은 세월을 함께했던 달덩이 같이
얼굴이 하얗고 눈이 사슴처럼 맑았던,
하늘나라에서 내려온 아기달님 같았던
그 여자아이, 그 여자아이가 환하게 웃으며
반겨 나올 것만 같은 시
중학교 때 첫사랑의 감정을 지펴준 너무나도
깜찍하게도 예쁘던 그 여자아이처럼

해맑을 면서도 촉촉이 가슴을 적셔주는 시
착해서, 너무 착해서, 그냥 착해서,
착하기만 해서 너무도 순수했던 그러나
내게 여자의 부드러움과
상큼함과 의식의 몽롱함의 첫 느낌을 일깨워준
스무 한살 때의 그, 그 여자 같이 꼭 빼닮은 시
그냥 읽기만 해도 사랑의 감정이
깨꽃처럼 풋풋하게 살아 넘쳐나는 시
읽을 때마다 마음이 맑아지고 산뜻해지는 시
오아시스와도 같은 시
메마르고 거친 영혼을
말갛게 씻어주는 삶의 청량제와도 같은 시

그래서 언제라도,
그 언제까지나 곁에 두고 항상 읽고만 싶은 시

아무렇지도 않게 기분 좋은 날

한 잔의 커피와 한 조각의 케이크가
놓여 있는 식탁을 마주 대할 때,

머리를 감고 머리 모양이
마음에 들게 잘 되었을 때,

오랜 만에 친구의 반가운 전화를 받았을 때,

나른한 오후 청아한 뻐꾸기 울음소리가
귓전을 울리며 촉촉하게 젖어들 때,

한 편의 좋은 시를 읽거나
맘에 드는 한 편의 시를 썼을 때,

길을 가다 까르르 웃는
풀꽃 같이 해맑은 아이들을 보았을 때,

문득, 살아있다는 것의 소중함을 느꼈을 때,

독자로부터 좋은 책을 써줘서 감사하다는
따뜻한 마음을 담은 메일을 받았을 때,

기분을 밝게 하는
웃음이 예쁜 사람을 보았을 때,

카페의 문을 여는 순간
상큼한 커피향이 코를 향기롭게 자극할 때,

구름 한 점 없는
맑고 푸른 하늘을 보았을 때,

나는 아무렇지도 않게 기분이 좋다

이런 기분을 느낀다는 것은 살아있음에 대한,
삶의 예의

아무렇지도 않게 기분 좋은 날은
아무렇지도 않게 행복하다

사랑하는 이의 눈을 보면

그 어느 햇살이 이 보다 더 밝을까

그 어느 하늘이 이 보다 더 푸를까

그 어느 강물이 이 보다 더 맑을까

그 어느 꽃이 이 보다 더 환할까

그 어느 세월이

한번이라도 이 보다 더 진실할 수 있을까

사랑하는 이의 눈을 보면 한없이 맑아지는 사랑이 된다

말없이 사랑하고 뜨겁게 행복하여라

아침이면
푸른 하늘과 맑은 햇살을 볼 수 있고
저녁이면 평안히 안식할 수 있는 집이 있고
사랑하는 이들과
오순도순 한 식탁에서 밥을 먹을 수 있고
삶의 터전이 되어주는 직장이 있고
꿈을 위해 공부할 수 있는 학교가 있고
그 무슨 얘기든 할 수 있는 친구가 있고
내 평생 의지하고 살아가는 조국이 있다는 것이
그 얼마나 감사하고 행복한 일이라는 걸
아무렇지도 않게 여기며 우리는 늘 잊고 산다
그러나 어려움을 만났을 때 비로소
당연한 것처럼 여겨지던 소소한 일상이
감사하고 행복한 일이라는 걸 알게 된다
이는 우리의 무지無知함을 자인自認하는 것과 같나니,
말없이 사랑하여라
고요한 너의 일상과 사랑하는 이들을
뜨겁게 행복하여라
지금 네가 있는 그 순간순간을

지나고 나서야 알게 되는 것들

사랑하는 이들이
내 곁에서 멀어지고 나서야
사랑하는 이들의 소중함을 알게 된다

아무렇지도 않게 여기던
일상의 소소하고 작은 즐거움들이
내게서 떠나갔을 때에야
비로소 행복이라는 것을 알게 된다

늘 손에 닿을 듯 가까이에 있어
당연하게 여겼던 것들이 사라지고 나서야
그것이 감사한 일이었음을 알게 된다

늘 곁에 있어 소중함을 몰랐던 이들이
아무렇지도 않게 여겼던 소소한 일들이
늘 당연시 했던 일상의 모든 것들이
어느 날부터인가 내 눈 앞에
보이지 않게 되고 나서야 알게 된다

그들이 사랑이라는 것을
그것이 행복이라는 것을
그 모든 것이 감사한 일이라는 것을

언제나 꽃은

꽃은 우는 적이 없다

비가 오나
거센 바람이 휘몰아치거나
뜨거운 태양아래에서도
꽃은
웃음을 잃지 않는다

울면 꽃이 아니다

언제나 웃어야 꽃이다

가장 아름답게 피는 사랑

서두르지 않을 때

사랑은

가장 아름답게 피어난다

제 2부

너를 꽃이 되게 하라

환희로 빛나는 별

뜨거운 여름을 이겨낸 들판은 풍요롭습니다

뜨거운 햇살이 곡식과 열매를 익게 하고
맑은 공기와 바람과 비는
메마른 땅에 풋풋한 생명을 불어 넣습니다

햇살이 뜨겁다고 피한다면 곡식도 열매도
그 무엇도 맺지 못할 것입니다

참고 견디고 이겨냄으로써 가을 들판은
금빛물결 출렁이며
환희에 들떠 그리도 찬란합니다

보세요,
살아서 빛나는 것들은 그 얼마나 아름다운가를

우리 또한
저마다 환희로 빛나는 별이 되어야합니다

자기만의,
자기 이름을 가진
우뚝하고 찬란한 별이 되어야합니다

음악 같은 사람

나는 글을 쓸 때
음악을 들으며 글을 씁니다

볼륨이 크거나 작으면 오히려
집중이 되지 않아 집중하기 좋게
볼륨을 맞춥니다

시끄러우면 집중이 안 되듯
너무 조용해도 집중이 잘 안 되는 까닭입니다

음악은 마치 사랑하는 사람의 따뜻한
위로와 격려와 같아 나를 기분 좋게 합니다

음악을 들으며
글을 쓰는 행복은 느껴본 사람만이 압니다

누군가에게
좋은 음악 같은 사람이 되세요

그것은 곧,
자신을 행복하게 하는 일이니까요

인생의 정답

인생을 살아오면서 보니
어제는 정답이었던 것이 오늘은 정답이 아니고,
어제는 정답이 아니던 것이 오늘은 정답이더군요

정답이라고 생각했던 것이 정답이 아닐 때의
그 난감함과 암담함은 마음을 캄캄하게 했더랬지요

그러나 금방 무너져 내릴 것만 같았던 삶의 하늘은
잠깐은 흔들리는 듯 하였지만 시간이 흐르고 나자
아무런 일도 없었다는 듯 어제와 조금도 다르지 않았지요

삶이란 그렇더군요
삶을 두려워하는 사람에게는 무섭게 굴지만,
삶을 두려워하지 않는 사람에게는 때론 못 본 척
그냥 아무렇지도 않게 넘어간다는 것을요

그래요
이렇듯 정해진 인생의 정답은 없어요
자기 인생의 정답은 누가 정하는 것이 아니라
자기가 정하는 것이라는 걸 알게 되었으니까요

그러니 이제부터는 자신의 인생의 정답을

자신에게 맞게 스스로 정하면 되요
누구 눈치도 보지 말고, 비교도 하지 마세요
그냥, 나는 나니까
내게 맞게 정하면 그게 정답이니까요

너를 꽃이 되게 하라

꽃은 자신을 아름답다 말하지 않는다
다만, 사람들이 아름답다 말할 뿐
진정으로 아름다운 것은
있는 듯 없는 듯 무심한 듯 보여도
그 속에 향기를 품고 있어
아름다움을 느끼게 하는 것이다
아름답게 살길 원하는가
그렇다면 꽃이 무심한 듯 아름다운 것처럼
너를 향기 품은 꽃이 되게 하라

네가 먼저 그렇게 하라

사랑스런 사람을 만나고 싶다면
네가 먼저 사랑스런 사람이 되어라

웃음이 예쁜 사람을 만나고 싶다면
네가 먼저 예쁜 웃음을 웃어주어라

매너가 좋은 사람을 만나고 싶다면
네가 먼저 멋진 매너를 보여주어라

정이 많은 따뜻한 사람을 만나고 싶다면
네가 먼저 따뜻한 정을 베풀어라

덕이 있는 사람을 만나고 싶다면
네가 먼저 후덕한 덕을 갖추어라

사람은 누구나 자기가 하는 대로
똑 같은 사람과 만나게 되나니,

좋은 사람을 만나고 싶다면
네가 먼저 품격 있는 좋은 사람이 되어라

삶

지금 이 순간 사랑하라
지금 이 순간 행복하라
지금 이 순간 하고 싶은 것을 하라
지금 이 순간 가고 싶은 곳을 가라
지금 이 순간 보고 싶은 책을 읽어라
지금 이 순간 맘껏 즐거워하라
삶은 순간순간이다
지금 이 순간은 다시 오지 않는다
지금 이 순간,
후회 없이 사랑하고 행복하라

빛나는 사람

존재함으로써 사랑받는 자가 되라

존재함으로써 맘껏 행복한 자가 되라

존재함으로써 오래도록 기억 되는 사람이 되라

존재하는 것이 큰 축복이 되게 하라

존재하는 것만으로도 만나는 이 누구에게나

큰 즐거움을 주고 기쁨이 되는 자가 되라

존재함으로써,

존재하는 자체만으로도 빛나는 사람이 되라

참 좋은 아침

햇살 눈부시게 맑은 시월 어느 날 아침
푸른 하늘을 바라보며 커피를 마신다

혼자 보기가 아까울 만큼 맑은 날씨다

좋은 것은 하늘이든, 바다든, 꽃이든, 그 무엇이든
사랑하는 이들과 함께 봐야 더 멋지고 아름답다

혼자 보기가 하늘에게 미안했지만,
나는 한참을 꼼짝도 안 하고 그 자리에 서서
사랑하는 사람을 바라보듯 하늘을 바라보았다

좋은 선물을 받은 것 같은 아침이 참 감사하다

가을우체국

가을 우체국 앞에 서면
나는 이름 모를
누군가의 편지가 되고 싶다

그래서 그 누군가가 간절히 그리워하는
누군가에게 빛의 속도로 날아가
그 누군가의 마음을 전해주고 싶다

가을 우체국 앞을 지나칠 때면
나는 한 번도 본적이 없는
누군가의 사랑의 엽서가 되고 싶다

그리하여 그 누군가가 그리도 사랑하는
누군가에게 바람처럼 달려가
그 누군가의 달콤한 사랑을 전해주고 싶다

가을 우체국 앞에 서면
나는 언제나 누군가의 사연을 담은
따뜻한 편지가 되고 싶다

사랑하는 사람을 위한 기도

사랑하는 사람을
우러러 사랑하게 하소서

사랑하는 이가 나를 사랑할 때나
그 사랑이 나를 외롭게 하거나
마음 아프게 할 때에라도
사랑하는 이를 사랑하게 하소서

행여나 나의 마련함으로 사랑하는 이가
눈물을 보이지 않게 하시고
나의 어리석음과 무능함으로
사랑하는 이가 슬퍼하지 않게 하소서

사랑하는 사람을 받들어
내 목숨보다 더 사랑하게 하소서

사랑하는 이를 늘
나보나 먼저 사랑하게 하시고
그의 아픔을 내가 대신 아파하게 하시고
그의 기쁨을 몇 배나 더 기뻐해주는
너그러운 사랑이게 하소서

그리하여 사랑하는 이가
원하는 일이라면 그것이
무슨 일일지라도 주저하지 않게 하시고
나의 작은 사랑으로도
사랑하는 이가 늘 행복하게 하소서

사랑하는 사람을
고요히 사랑하게 하소서

언제나 제자리를 지키며
자기 이름을 다하는 느티나무처럼
내 사랑하는 이의 행복한
삶의 나무가 되게 하소서

그리고 먼 세월 지나 우리가 진정으로
참된 인생을 알게 될 때
그대가 있어 내 삶이 풍요로웠다고
말 할 수 있는 아름다운 사랑이게 하소서

시처럼 너를 살아라

네 가슴을 맑고 촉촉하게 하라

서정의 강물에 네 마음을 적셔라

네가 하는 생각, 하는 말, 하는 행동 하나하나가

향기를 품은 꽃처럼 향기롭게 하라

네 가슴이 녹슬지 않게

늘 맑고 고운 시향詩香이 풍기게 하라

그리하여 너는 시가 되고

네가 사는 일이 향기 나는 노래가 되게 하라

너에게 닿고 싶다

바람이 좋다

바람을 좋아하는
바람 같은 너

바람이 좋은 날은 미련두지 않고,

바람으로 흘러
너에게 가 닿고 싶다

삶과 비빔밥

삶은 때로는 비빔밥과 같지요

나물이 들어가고, 계란프라이가 들어가고,
고추장이 들어가고, 고소한 참기름이 들어가고,
구운 김이 들어가고, 김치가 들어가기도 하고,
이렇게 서로 다른 반찬들이 골고루 섞여
버무려 질 때 맛있는 비빔밥이 되는 것처럼

삶은 기쁨과 눈물, 즐거움과 슬픔, 환희와 고통,
성공과 실패, 좌절과 용기, 한숨과 격려가 함께 할 때
뜻있고 흥미로운 삶이되기 때문이지요

맛있는 비빔밥 같이 맛있는 삶을 살아야 해요
그것이 자신에게 주는 최선의 행복이니까요

오늘 하루

맑은 햇살이 분수처럼
쏟아져 내리는 오월 아침

보는 것만으로도 숨 막히도록 참 좋다

이토록 아름다운 날엔
보는 것마다 다 설레고 새롭다

오늘 하루,

만나는 사람마다 다 웃어주고
행복을 빌어주고 싶다

참 행복한 날

오랫동안 시를 쓰지 못했다

시심詩心이 바닥이 난 걸까
사뭇 걱정이 되었는데,

깜깜 무소식이던
반가운 친구가 돌아오듯
한동안 멀리 떠났던 시가 돌아왔다

나는 두 손을
가지런히 모아 기도하듯
마음이 불러주는 대로
오늘 하루라는 시를 썼다

눈물이 날 만큼 참 행복했다

젊다는 것은

젊다는 것은
생각만으로도 불끈불끈 힘이 솟는 것,

젊다는 것은
그 자체만으로도 희망이 되고 꿈이 되는 것,

젊다는 것은
그 말만으로도 푸릇푸릇 기쁨이 솟아나는 것,

젊다는 것은
그 하나만으로도 그 얼마나 생동감 넘치고
역동적이며 넘치는 축복인가

젊음을 불필요한 것에 낭비하지마라
젊을 때 맘껏 젊음을 사랑하고 즐거이 하라

젊다는 것은
그 무엇으로도 살 수 없는 인생의 보석이다

겨울 그리고 봄

겨울을
이긴
봄은 따뜻하다

제 3부
오늘 살아있음을 감사하라

막힌다는 것의 의미

이십년 되도록 세면대 하수구가
한 번도 막힌 적이 없었다
그런데 어느 날부터 물 빠짐이 느려지더니
어느 순간 딱 멈춰버렸다
세수하다 바닥에 물이 차올라 더 이상 물을
사용할 수 없어 가슴이 꽉 막힌 듯 답답했다
토요일이라 관리소도 휴무고 해서
직접 커버를 걷어내고 안에 있는 거름망을 들어 올리자
머리카락과 온갖 찌꺼기들로 가득 했다
말끔히 걷어내고 다시 원상복구를 한 후
바닥에 물을 뿌리니 시원하게 물이 빠졌다
순간, 번쩍이는 환희와 함께 답답했던 가슴이 뻥 뚫렸다
막힌다는 것은 하수구든 인생살이든 그 무엇이든
가슴 아프도록 답답하고 캄캄한 것이다
혹시나 하고 해봤는데 깨끗이 문제가 해결 된 것처럼
막힌 것은 어떻게서든 뚫어야한다
뚫리는 순간, 번쩍이는 기쁨과 시원함을 느낄 것이다
아득한 먼 옛날 감감한 어둠이 걷히고
세상이 활짝 열렸듯이 그렇게 열릴 것이다

사랑한다는 것은

사랑한다는 것은 나를 내려놓는 일이다
사랑한다는 것은 아픔을 함께 하는 일이다
사랑한다는 것은 미움을 걷어내는 일이다
사랑한다는 것은 고통을 나누는 일이다
사랑한다는 것은 사랑하는 이를 받쳐주는 일이다
사랑한다는 것은 욕심을 비우는 일이다
사랑한다는 것은 마음을 나누는 일이다
사랑한다는 것은 나를 비우는 일이다
사랑한다는 것은 행복을 꽃 피우는 일이다
사랑한다는 것은 무를 유로 만드는 일이다

오늘 살아있음을 감사하라

생명의 씨앗을 품고 이 땅에 온
모든 것들은 너나없이 다 소중한 존재이다
보라, 저기 환히 웃고 있는 저 사람도
나뭇가지 가득 탐스런 열매를 매달고 선 저 나무도,
활짝 꽃피워 향기를 내 뿜는 저 꽃도,
마당을 힘차게 뛰어 노는 저 강아지도,
맑고 푸른 하늘을 유유히 날아가는 저 새도,
잔잔한 호수를 가르며 헤엄치는 저 물고기도,
그 얼마나 활기차고 역동적인가
살아 있는 모든 것들은 살기 위해 저토록 빛나고
각자 제자리를 지키며 생명을 꽃 피우나니,
그리하여 살아 있다는 것은
살아간다는 것은 그 얼마나 넘치는 은총인가
오늘도 살아 있음에 하늘을 우러러 감사하라

반가운 손님

행복 하고 싶다면
너의 가슴을 사랑으로 가득 채워라
그 사랑을 나눠주는 일에 힘쓰라
사랑을 나눔은 내 마음을 나눔이며
꿈과 희망을 심어주는 일이다
행복이 저절로 찾아오길 바라지 마라
그것은 나무에서 물고기를 구하는 거와 같나니,
행복 하고 싶다면 행복한 일을 하라
행복은 행복할만한 일을 할 때 찾아오는
인생의 반가운 손님인 것이다

보이는 것만 보려고 하지 마라

보이는 것만 보려고 하지 마라

보이는 것만 보려고 하면
탐욕이란 손님이 주인행세를 한다

모든 불행은
보이는 것만 보려고 하는데서 온다

안 보이는 것도 볼 수 있어야한다

그래야,
마음의 평정을 이뤄
불행으로부터 자유로울 수 있다

나무

나무가
수백 년 수천 년을 사는 것은,

사람에게든 동물에게든
베푸는 일생을 다 하는 까닭이다

언제 한 번이라도
욕심을 부리거나 해를 끼친 적 없이
제 가진 것 모두를
아낌없이 내어주는 까닭이다

나무는 무위자연의 근본,

늘 제자리를 지키는
헌신적인
본성이 하늘을 닮은 까닭이다

그러니까 감사하십시오

1

보고 싶어도
보지 못하는 사람이 있습니다

듣고 싶어도
듣지 못하는 사람이 있습니다

말을 하고 싶어도
말하지 못하는 사람이 있습니다

걷고 싶어도
걷지 못하는 사람이 있습니다

보고 싶은 것을
볼 수 있다는 것은

듣고 싶은 것을
들을 수 있다는 것은

하고 싶은 말을
할 수 있다는 것은

가고 싶은 곳을
언제나 갈 수 있다는 것은

그 얼마나 행복한 일인가요

2

지금 가진 것이
부족해도 불평하지 마세요

상대방이 당신의 마음을
몰라준다고 서운해 하지 마세요

하는 일이 뜻대로 안 된다고
나만 왜 되는 일이 없을까 속상해 하지 마세요

당신은 사랑하는 사람을 볼 수 있고
듣고 싶은 음악을 들을 수 있고
하고 싶은 말을 할 수 있고
가고 싶은 곳을 맘대로 갈 수 있으니,

당신은 이미

충분히 많은 것을 가진 사람입니다

3

그렇습니다

그러니까,

조금 부족한 게 있어도
속상한 일이 있어도
맘에 안 드는 일이 있어도
힘든 일이 있어도
불평은 저 멀리 내다 버리고
무조건 감사하십시오

감사함으로써
당신은 스스로를 기쁘게 하고
행복하게 하고
축복되게 해야 할 것입니다

그러니까 매사에
감사하고 또 감사하십시오

누구나 다 그럴 때가 있지

1

인생을 살다보면
누구나 다 그럴 때가 있지

그러니까 한숨 지며
나는 왜 이 모양이야 라고 하지 마
그건 네 생각일 뿐이야

인생이란
해가 뜨고 비가 오고 바람이 불듯
행복할 때도 있고,
죽을 만큼 힘들 때도 있고,
뼛속 깊이 사무치게 외로울 때도 있지

그러니 너만 그렇다고 생각하지 마
살다보면, 살아가다보면
그냥 누구나 다 겪는 일일 뿐이야

2

인생을 살다보면

누구나 다 그럴 때가 있지

그러니까 눈물지며
나는 무슨 죄가 많아서 이럴까라고 하지 마
단지, 그건 네 생각일 뿐이니까

인생이란
해가 뜨고 눈이 오고 폭풍이 치듯
숨 막히게 기쁠 때도 있고,
눈앞이 캄캄할 때도 있고,
못 견디게 절망스러울 때도 있지

그러니 너만 그렇다고 비관하지 마
인생이란 돌고 도는 바람개비처럼
맑은 날이다가 흐린 날이다가 그러는 거야

3

인생을 살다보면
누구나 다 그럴 때가 있지

그럼, 인생은 다 그런 거지

그러니까 지금부터는
너무 큰 것을 바라지 마
너무 멋진 것을 꿈꾸고 기대하지 마
그냥 지금 이 순간 네게 주어진 대로
감사하며 사는 거야

그렇게 살다보면 어느 순간
그래도 인생은 살만하다는 걸 느끼게 돼

그러면 된 거야
그것만으로도 충분히 잘 살고 있다는 거니까

그래, 그렇게 사는 거야
작은 일에도 감사해 하며
네 곁에 있는 사람들을 소중하게 여기며
하루하루를 네 인생에 감사하며 사는 거야

꽃이 되는 말

말에도 꽃이 되는 말이 있습니다

나는 당신이 참 좋습니다
나는 당신이 있어 참 행복합니다

나는 당신만 보면 용기가 생깁니다
나는 당신만 생각하면 마냥 좋습니다

당신은 나의 희망입니다
당신은 나의 사랑입니다

당신을 만난 건 내 인생 최고의 축복입니다

이런 말을 들을 땐 마음 가득 꽃이 핍니다
기쁨의 향기가 하루 종일 가득 넘쳐납니다

참 좋은 사람

어느 날 독자가 전화를 해서
선생님은 참 좋으신 분 같아요, 라고 말했다

그래요
왜 그렇게 생각해요?

선생님 글은 나긋나긋 다정다감하고
가슴을 참 따뜻하게 해요

그렇게 생각해주니 고마워요,
독자의 말에 내 가슴은 한껏 부풀어 올랐다

나는 훌륭한 사람이라는 말보다
멋진 사람이란 말보다
좋은 사람이라는 말을 들을 때가 더 행복하다

좋은 사람이란 말은
당신은 참 따뜻해요
당신은 참 인간적이에요
당신은 참 인격적이에요, 라고 하는 것 같아
사람냄새가 폴폴 나서다

선생님은 참 좋은 분 같아요, 라는 말을 들은
그 날 하루는 내내
내 가슴속에선 맑은 풀피리소리가 들려왔다

시詩

시는,

찌든 마음의 해독제이다

별

너를 보면
맑은
사랑을 하고 싶다

내 마음의 꽃

내 마음 가득히에는
꽃이 활짝 피었습니다
마음이 즐거울 때나 감사할 때
그대가 생각날 때마다
가만히 마음을 열면
감미로운 그대의 향기가 전해져옵니다

그대는 영원한
내 마음의 꽃입니다

꽃이 아름다운 건
향기가 있기 때문이 듯
그대가 내 마음을 사로잡은 것은
자신보다 더 나를 사랑하기 때문입니다

내 마음 가득히에는
꽃이 활짝 피었습니다
그 이름도 아름다운 그대라는 꽃

그 꽃이 있기에
나는 비가 올 때나
함박눈 같은 슬픔이 몰아쳐도

삶을 사랑할 수 있었습니다
그대는 불멸, 사랑의 꽃입니다

풀꽃

아파트 베란다 바깥 쪽 난간 틈사이로
작은 풀꽃이 피었다

바람에 날려 와 쌓인 흙에
뿌리를 내린
풀꽃의 저 뜨거운 만개滿開를 보라

누가 풀꽃을 여리다고 했는가

비바람 맞으며
꽃샘추위를 견뎌내고
꿋꿋하게 싹을 틔우고 꽃을 피워 올린,

풀꽃의 저 찬란하게 빛나는 생명력!

그것은 하나의
거룩한 종교며, 삶이며, 신념이며, 철학이다

비 오는 날 저녁 풍경 한 컷

어둠이 스멀스멀 살포시 내려앉는
2월 비 오는 날 저녁풍경은
빈센트 반 고흐의 감자먹는 사람들처럼 정겹다

추위가 가신 겨울날씨 속에
봄기운이 들어있어서일까
반쯤 열어놓은 창문으로 들어오는 바람결에서
사랑하는 이 촉촉한 입술 같은 온기가 느껴진다

하나둘씩 켜지는 건너편 아파트불빛과
거리의 네온사인 불빛이
봄꽃처럼 피어나는 비 오는 날 저녁풍경을
그대로 옮겨놓으면
정감이 살아 있는 한 컷 풍경화다

저 멀리 어둠에 잠긴 산이
어린 시절 아버지의 넓은 어깨처럼 우뚝하고
산 아랫마을엔 불빛이 밤안개처럼 번진다.

쇼팽의 야상곡이 잘 어울리는 저녁이다

제 4부

참 맑은 날 같은 사람

흙냄새를 맡으며

산책을 하다 코를 신선하게 자극하는
냄새로 인해 발길을 멈추고 서서
두리번거리며 좌우 앞뒤를 살펴보았습니다
그 냄새는 이내 흙냄새라는 걸 알았습니다
낮에 제법 많은 비가 내렸는데
저녁에 되자 말끔하게 비가 멈췄지만 산책길 옆에 있는
텃밭은 비에 젖어 촉촉해져 있었습니다
비에 젖은 흙냄새는 텃밭에 심기어진
고추, 가지, 감자, 옥수수, 파, 토마토 등
갖가지 식물들이 뿜어대는 냄새로 인해
더더욱 신선하게 다가 왔던 것이지요
흙냄새가 그렇게 좋을 수 없어 나는 길가에 쪼그리고 앉아
비에 젖은 흙을 손으로 움켜쥐고 코끝에 대고
연신 흠흠 거리며 맡았습니다
순간 몸 속 깊이 느껴지는
풋풋한 흙냄새로 몸이 움찔거렸습니다
머리까지 환해져 오는
그 신선함의 감흥이 나를 행복하게 했습니다
흙냄새는 생명을 품은 냄새였기 때문이지요
이렇듯 우리 또한 누군가의 마음을 위로하고 평안을 주는
풋풋한 사랑의 마음을 품고 살아야겠습니다
그것은 곧 자신을 위한 행복의 연출이니까요

어떤 날

어떤 날은
오늘은 왠지 좋은 일이 생길 것 같다는
생각이 든다

사랑하는 사람으로부터
듣기 원했던 말을 들을 것만 같아
가슴 설레기도 하고,

오랫동안 소식이 두절 된
보고 싶은 친구에게 연락이 올 것 같기도 하고,

내가 간절히 바라던 일이
꼭 이뤄질 것만 같아

그냥,
아무렇지도 않게 좋다

이런 날은

늘 보는 꽃이지만
아무렇지도 않게 더 예쁜 날이 있다

늘 마시는 커피지만
아무렇지도 않게 더 맛있는 날이 있다

늘 만나는 친구지만
아무렇지도 않게 더 반가운 날이 있다

늘 만나는 사람들이지만
아무렇지도 않게 더 정겨운 날이 있다

늘 보는 가족이지만
아무렇지도 않게 더 소중한 날이 있다

이런 날은

그냥,
아무렇지도 않게 행복하다

꽃길을 걸으며

꽃길을 걸으며
슬픔에 대해 말하지 마십시오

꽃길을 걸으며
아픔에 대해 호소하지 마십시오

꽃길을 걸으며
원망과 분노에 대해 말하지 마십시오

꽃길을 걸을 땐
그대도 꽃이 되십시오

꽃을 보고도
즐거움을 얻지 못하는 것처럼
어리석은 일은 없습니다

꽃길을 걸을 땐
꽃의 마음으로 그 길을
사뿐히 걸어가십시오

어떤 날 2

어떤 날은
잠에서 깨자마자 기분이 날아갈 듯 하늘을 날고,
어떤 날은
이유 없이 하루 종일 마음이 캄캄하지요

어떤 날은
까닭 없이 하루 종일 웃음이 나오고,
어떤 날은
아무 일도 없는데 공연히 우울하지요

산다는 것은 오늘과 내일
내일과 또 그 내일을 알 수 없는 것이지요

그래서 삶은 늘 가보지 못한 길을 가듯
신선하고 두렵고 예측불허 한 것이랍니다

나

나는 세상에서 단 하나 뿐인 존재입니다
생김새도, 개성도, 좋아하는 것도, 싫어하는 것도
모두가 나를 위한 것이지요

나는 너가 될 수 없고, 너는 내가 될 수 없지요
잘나도 못나도
내가 될 수 있는 것은 오직 나뿐이니까요

그렇습니다
이 세상에 나는 나뿐이지요
그 누구도 내가 될 수 없습니다
그러니 내가 얼마나 소중한 존재인지요

나를 사는 거예요
그러니 남을 부러워하지 마세요
나는,
나 자체로서 이미 충분한 존재이니까요

내 인생의 시

너는
내 인생의 한편의 시

너를
읽을 때마다 감동에 젖고,

너를
쓸 때마다 너는 내 숨결이 된다

너는
온 몸과 마음을 다해 읽고 써야 할

내 운명의 한편의 시

참 맑은 날 같은 사람

은행에 볼일이 있어 갔습니다
많은 사람들이 번호표를 뽑아들고 자신의 순서를
기다리고 있었습니다

한참만에야 순서가 되어
창구자리에 앉아 일을 보았습니다

담당직원은 미소를 가득 머금고
내가 묻는 말에 상냥하고 친절하게 답했습니다
상담도중 간혹 이해가 되지 않아 몇 번을 물어도
미소를 잃지 않고 정성껏 상담에 응했습니다

그날은 많은 비가 내려
거리도 우중충하고 마음도 칙칙했는데
안개가 거치 듯 마음이 한껏 맑아졌습니다

내가 기분이 좋았던 것은 직원의 친절이
직원으로서의 고객을 대하는 의례적인 행위가 아니라
마음과 몸가짐에 친절이 배어 있기 때문이었습니다

나는 볼일을 마치고 기분 좋게 은행을 나왔습니다
여전히 비는 거리를 적시며 내렸지만,

마치 눈부시게 맑은 날 같은 기분이었습니다

그렇습니다
기분을 좋게 하는 사람은 맑은 날 같이 환합니다

누군가를 기분 좋게 한다는 것은
스스로를 축복되게 하는 아름다운 삶의 숨결입니다

낡고 오래된 것들을 위해 부르는 노래

사람도 기계도
오래 되면 낡고 녹이 쓰는 법

그것은 오랜 세월을 견디며
당당하게 제몫을 다 했다는 것,

그러니 낡고 주름짐을 감추지 말라

낡고 오래된 것들의 이름이여,

나 두 손 높이 들고 노래하며 경의를 표하나니

이제로부터 남은 그 시간까지
낡고 오래됨을 삶의 훈장으로 여겨도 좋을지니

아, 아,
낡고 오랜 것들의 빛나는 이름이여,

오늘은 맘 푹 놓고 맘껏 즐겨도 좋으리

밤비

나는 밤비가 좋다

밤에 듣는 빗소리는 영혼의 울림소리 같고,
천상의 음률을 듣는 것 같아서다

밤에 내리는 비는
어린 시절 할머니가 무릎베개를 하고
주저리주저리 들려주시던
옛이야기 같아 듣고만 있어도
귀가 맑아지고 마음이 포근해진다

밤에 비가 내리는 날엔
꿈에서도 빗소리를 듣는다

그래서 일까,
나는 밤에 내리는 비가 좋다

하염없이 하염없이 그냥 좋다

우리를 꽃이 되게 하는 말

'좋아진다'는 상호의 카페를 보는 순간,
좋아진다 좋아진다 좋아진다
내 입은 앵무새가 되어 연신 좋아진다를 읊조린다

좋아진다, 라는 말은 그것이 무엇이든
말만으로도 희망을 갖게 하듯,

너는 잘 될 거야
정말 고마워
나는 너를 믿어
내겐 네가 최고야, 라는 말처럼

기분 좋은 말은 우리를 행복하게 한다

같은 말도 기분 좋게 하고
정성을 담아서 하자

기분을 좋게 하는 말은 기쁨의 씨앗을 품고 있어
언제 들어도 우리를 꽃이 되게 한다

한 편의 좋은 시

가슴을
깊은 감동으로 붉게 물들이는

한 편의
좋은 시를 읽었을 땐,

사랑하는 사람을 만난 것처럼
마음이 참 포근하다

좋은 시는
마음의 보약과도 같기 때문이다

그래서일까
좋은 시를 만난 날은,

그냥,
아무렇지도 않게 행복하다

사람도 그렇다

예쁜 꽃도
예쁜 마음으로 바라보아야
더 예쁘다

깜깜한 밤하늘의 별도
고운 눈으로 바라보아야
더 밝게 반짝인다

사람도 그렇다

어떻게 그 사람을 대하느냐에 따라
더 친근감 있는 사람이 되기도 하고
더 복된 사람이 되기도 한다

다 살아지게 되더라

삶을 알아가기 시작할 땐
무엇이든
마음먹은 대로 할 수 있을 것만 같았지

그러나 오래지 않아 그것이 얼마나
잘못된 생각인지를 알게 되었지

금방 다 이룰 것만 같다가도
어느 순간,
저 절망 끝에 이르기도 했으니까

그런데 신기한 것은
그 절망 끝에 다다랐을 때 그 절망은
절망이 아니라 새로운 시작을 하라는
삶의 뜻이라는 걸 알았지

절망을 딛고 일어섰을 때
기쁨이 더 큰 것은 절망을 이겨냈기 때문이지

사는 게 너무 힘들다고 낙심하지 마
눈물이 나면 그냥 울고,
소리치고 싶으면 그냥 소리쳐

그리고 툭툭 털고 일어나는 거야

그러면 아무리 죽을 만큼 힘들어도
또 다시 걸어갈 길이 보이거든

그래, 그렇게 가는 거야
날마다 너의 하늘을 바라보며
흔들리지 말고 씩씩하게 가는 거야

삶은 내가 살아가는 것 같지만
다 살아지게 되고,
어느 순간 내가 바라던 길에 이르게 되더군

설령, 그렇지 않더라도 속상해 하지마
그렇게 살아왔다는 것만으로도
충분히 인생을 잘 살아 왔으니까

겨울밤 하늘

겨울밤 하늘은
쓸쓸해서 아름답다

겨울밤 하늘은
적막해서 고혹적이다

겨울밤 하늘은
텅 빈듯하여 더욱 충만하다

목적 없는 삶

목적 없는 삶이란
사랑의 상처를 입고
이별을
준비하는 여인과 같다

무소의 뿔처럼 가라

어제는 오늘을 몰랐던 것처럼
내일도 잘 알 수 없지만
삶은,
늘 그렇게 지내왔고 그래서 미래는
언제나 신비롭고 영롱하다

오늘 하늘은 맑고 푸르지만
내일은 그 하늘을 영원히 못 볼지도 모른다

그래도 오늘 하루는
당신에게 주어진 일에 묵묵히 정성을 다 하라

오늘을 마지막인 것처럼
무소의 뿔처럼 그렇게 자신의 길을 가라

기회

기회는 운명처럼 온다

다만,

그것을 모를 뿐이다

소망

소망을 품고 있는
가슴은
언제나 따뜻하다

제 5부
바흐와 무반주 첼로

사랑하는 사람

보면
볼수록 예뻐지는 꽃

가까이 하면 할수록
더욱 향기로운 꽃

만났다 헤어지는 순간
두고두고 생각나는 꽃

늘,
곁에 두고 바라보고 싶은 꽃

사랑의 별

내 마음의 별이 되어
당신은
한시도 쉼 없이 반짝입니다

바흐와 무반주 첼로

햇살 좋은 가을날 오후,
바흐의 무반주 첼로를 들으며
돌체 라떼를 마신다

낮고 장엄한 첼로 선율을 따라
생각을 걷다보면
거대한 철학의 숲에 든 듯
마음 저 깊은 곳으로부터 전율이 인다

나 하나의 시와
나 하나의 노래와
나 하나의 꿈과
그리고 그대에게 가 닿고 싶은 내 깊은 울림

이 숙명 같은 존재의 이름이여,

커피를 마시며
바흐의 무반주 첼로를 듣는 날은
나도 커피도
첼로의 선율이 된다

존재의 변辨

나는 쓴다

나는 씀으로써 존재하고,
씀으로써 하나의 의미가 된다

씀은 곧 나고,
나는 곧 씀이다

삶의 간이역

오늘 하루는 어땠나요?

당신이 원하는 하루였나요?

만일 그랬다면 기분이 참 좋았겠군요

그러나 그러지 않았다고 해도 우울해 하지 마세요

오늘은 우울해도 내일은 기분 좋은 날이 될 테니까요

하루하루는 기분 좋음과 우울함이 교차하는

삶의 간이역 같은 것,

오늘이란 간이역에선 내가 주인이므로,

날마다의 오늘을 부족함 없이 사랑하세요

비목比目

한 눈밖에 없는 물고기 비목
한 눈으로는 살기가 힘들어
암수가 함께 평생을 살아간다는 비목
비목은 당나라 시인
노조린의 시에 나오는 물고기입니다

비목이란 물고기는 한낱 미물에 불과하지만
서로를 사랑함으로써 자신의 불행한 처지를
행복한 삶으로 바꾸는 지혜를 가졌습니다

혼자는 그 누구나
한 마리의 비목과 같은 존재이지요
그러기에 누군가와 끝없이 사랑하고 함께 함으로써
복되고 행복한 인생으로 살아가는 것입니다

비목!

당신이 사랑하는
그 사람이 바로 당신의 비목입니다

꽃이 사랑받는 건

자갈밭이든 음지에서든
메마르고 척박한 땅에서도 꽃은 핀다

진정으로 강한 것은
물이든 공기든 부드럽고 유연하다

꽃이 약하지만 강한 것은
부드럽고 유연하고
자신을 드러내지 않으면서도
향기를 전해주기 때문이다

사막에서든 산비탈이든 시궁창이든
그 어디에서든 꽃은 핀다

꽃이 사랑받는 건
자신의 고통을 딛고
사랑으로 피어나기 때문이다

밤하늘이 아름다운 것은

밤하늘이 아름다운 것은

별들이 서로를

다독다독

밝게 비추어주기 때문이다

산다는 것의 의미

살아보니 알겠다
삶은 사는 게 아니라 살아진다는 것을
제 아무리 잘 살아보려고 애를 써도
그러면 그럴수록
삶은 저만치 비켜서서 자꾸만 멀어지고
내가 아무리 몸부림에 젖지 않아도
삶은 내게 기쁨을 준다는 것을
삶을 살아보니 알겠다
못 견디게 삶이 고달파도 피해 갈 수 없다면 그냥,
못 이기는 척 받아들이는 것이다
넘치면 넘치는 대로 부족하면 부족한 대로
감사하게 사는 것이다
삶을 억지로 살려고 하지마라
삶에게 너를 맡겨라
삶이 너의 손을 잡아줄 때까지
그렇게 그렇게 너의 길을 가라
삶은 사는 게 아니라 살아지는 것이러니
주어진 너의 길을 묵묵히 때론 열정적으로
그렇게 그렇게 가는 것이다

그늘 한 점

무더운 여름날,

나무가 만든
시원한 그늘 한 점은 사랑입니다

우리에게도
그런 사랑이 필요하고,

그런
사랑이 되어야 합니다

즐거움으로써 모든 것을 가능하게 하라

어떤 상황에서도
스스로를 즐겁게 한다면,

즐거움으로써
모든 것을 가능하게 할 수 있다

겨울 새벽비

초겨울 새벽 1시,

칠흑 같은 어둠을 뚫고 비가 내린다

살을 파고드는 비에 젖은

찬바람의 쌀쌀함이 눈물처럼 번진다

소리죽여 한참을 바라본다

누구의 슬픔이기에 이리도 쓸쓸히 아름다운 것인지,

나는 안다

그리움이 깊어지면 눈물 같은 비가 된다는 것을

마음이 추운 사람

마음이 추운 사람은 눈을 보면 안다
눈은 웃고 있어도
혹은 아무렇지 않게 바라보고 있어도
그 눈엔 겨울 새벽안개처럼
촉촉한 물입자로 반짝인다는 걸

그냥 봐선 잘 모르지만
지독하게 마음이 추워 본 사람은 안다
톡, 건드리면 우수수 떨어지는 사철나무에 쌓인 눈처럼
눈물방울이 또르르 흘러내릴 까봐
다만 들키지 않으려고 참고 있다는 것을

마음이 추운 사람은 뒷모습을 보면 안다
뒷모습에 검은 그림자 같은 고독이
짙게 음영으로 깔려 있다는 걸

그냥 봐선 잘 모르지만
뼛속깊이 사무치도록 외로워 본 사람은 안다
가만히 들여다보면 지독한 외로움이
온 몸을 덮고 쓸쓸히도 쓸쓸히도 아파한다는 것을

마음이 추운 사람은 커피 마실 때 보면 안다

손은 커피 잔을 들고 있어도 눈은 창밖으로,
혹은 사람들을 향해 하염없이 바라보고 있다는 걸

그냥 봐선 잘 모르지만
죽을 만큼 힘들어 마음이 아파 본 사람은 안다
가만가만 바라보면 온 몸과 마음이
얼음장처럼 차갑게 차갑게 떨고 있다는 것을

단순함의 미학

오래 가는 행복을 느끼고 싶다면
작고 소소한 것에서 행복을 느끼세요

건강한 몸을 갖고 싶다면
식탐을 버리고 소박한 음식을 즐기세요

정신을 맑게 하고 싶다면
잡다한 생각으로부터 벗어나세요

온유한 마음을 갖고 싶다면
미움과 시기를 마음으로부터 떨쳐버리세요

자신을 단순화시킨다는 것은
곧,
자신을 풍요롭게 하기 위한 지혜의 빛이니까요

바람 부는 날

바람이 분다

문득,
네가 생각난다

바람처럼 다가왔다 바람처럼 떠나간
너

바람이 분다

바람을 무척이나 좋아했던
너

너를 보듯 바람을 본다

보름달

밝다

늘,
밝게 웃음 짓던 너처럼

좋다

그냥,
함께 하는 것만으로도

무작정 좋았던 너처럼

앵무새는 울지 않는다

물품을 사기 위해 마트에 갔습니다

화장품코너 판매원이 소리 높여
화장품을 홍보하고 있었지만 사람들은 관심 없이
판매원의 목소리를 뚫고 지나갔습니다

하지만 판매원의 목소리는 조금도
작아지지 않았고 계속 홍보에 열중했습니다

얼마 후 물품을 사서 나오는데도
여전히 판매원은
앵무새가 되어 목이 쉬도록 외쳐대고 있었습니다

나는 보았습니다
앵무새는 포기하지 않고 울지 않는다는 것을

집으로 돌아오는 내내
판매원의 목쉰 소리는 내 귓가에 매달려
앵무새가 되어 지저귀었습니다

함께 하고 싶다

멋진 길을 만나면
사랑하는 사람과 다리가 아플 때까지
함께 걷고 싶다

맛있는 음식을 보면
사랑하는 사람과 배가 부르도록
함께 먹고 싶다

재밌는 영화 프로그램이 눈에 띄면
사랑하는 사람과 어깨를 기댄 채
함께 보고 싶다

내게 넘치도록 고마운 일이나
기쁜 일이 있으면
사랑하는 사람과 웃고 떠들며 마냥
함께 즐기고 싶다

사람 가슴엔 별이 살고 있다

사람들 가슴마다엔
새하얀 별이 반짝인다

별이 반짝이는 가슴은
오월 햇살처럼 따뜻하다

가슴에서
별을 잃어버린 사람들은
캄차카 반도
일월 날씨처럼 쓸쓸하다

반짝이는 별을
품고 사는 사람들을 보면
사월 가문비나무처럼
푸릇푸릇하다

사람들 가슴엔 별이 살고 있다
반짝이는 별을 가슴에 품고 살자
별이 떠나가지 않게
서로의 가슴을
꼬옥 품어주며 살자

누군가의 생애에 의미가 된다는 것은

누군가의 가슴에 지워지지 않는
이름으로 남는다는 것은
참으로 싱그러운 축복입니다

누군가의 기억 속에 향기 짙은
추억으로 기억된다는 것은
너무도 아름다운 은총입니다

누군가의 눈동자에 맑은 이슬 같은
그리움으로 남는다는 것은
가슴 저미도록 깊고 아련한 사랑입니다

누군가의 생애에
의미 있는 인생이 된다는 것은
참 아름다운 미덕입니다

생이 깊어질수록

생이 깊어질수록 삶을
뜨겁게 뜨겁게 끌어안고 살자
짜증나고 화나는 일도 조금씩만 더 참고
미워하고 시기하는 일도 조금씩만 더 줄이고
사랑하는 사람들을 위해 기도하자

남은 생이 짧아질수록
내가하고 싶은 일을 조금만 더 신나게 하고
사랑하는 사람을
조금만 더 열정적으로 사랑하자

생은 되돌아 흐르지 않는 강물처럼
한 번 가버리면 그만이지만
가는 세월도 되돌려 부둥켜안고
서로를 보듬어 용서하고 화해하고
조금만 더 즐기고 조금만 더 행복하게 살자

생이 우리 곁을 떠나 저만치 멀어질수록
조금은 더 역동적으로
조금은 더 꿈을 꾸면서
조금은 더 의연하게 양보하며 살자

생이 깊어질수록

눈물의 깊이는 더욱 깊어지는 것

그리하여 조금은 더 웃으며 손을 내밀어

지워도 지워도

다시 지우려 해도

지워지지 않는 사랑의 별이 되자

제 6부
별이 가슴에서 빛날 때

너

너의 네가 되기 위해

나는 나를 잠시 잊기로 했다

인생의 시

사람은 누구나

자신의 인생의 시입니다

많은 사람들로부터 읽혀지기를 바란다면

꿈과 감동을 주는

한 편의 멋진

인생의 시가 되어야 합니다

삶

삶의 끝자락에
서 본 사람만이 안다

삶이 그 얼마나
찬란한 고독인가를

삶의 끝자리에서
울어 본 사람만이 안다

삶은 그 자체만으로도
축복이라는 것을

기적

산다는 것은
하루하루가 기적이다

그 어떤 날도
기적이 아닌 날은 없다

오늘도
기적을 살고 있고,
살아왔다

삶이 위대한 것은
기적과 기적으로 이어지고,
이어가기 때문이다

나에게 주는 행복

남이 주는

행복은 잠깐이지만,

내가

나에게 주는 행복은 오래간다

오래 가는 행복을 바란다면

스스로를 행복하게 하는 일에

익숙해 저야한다

사랑의 금언

쉽게
사랑을 얻으려고 하지마라

쉽게 얻는
사랑일수록 쉽게 깨지는 법이다

맑은 날 길을 가다

오랜 장마 멎고
화창하게 맑은 날 길을 나서니
사람도 꽃도 나무도
눈에 보이는 것은 그 무어라 할지라도
처음 본 듯 환하게 반짝 인다
맑고 밝은 것이 이처럼
마음을 새롭게 들뜨게 하다니
맑다는 것은 정녕 새롭다는 것
사랑도 행복도
맑은 마음에서 싹 트는 것이려니
보라,
이토록 맑고 아름다운 세상에서
산다는 것은
그 얼마나 고마운 일인가
살아 있다는 것은 살아간다는 것은
차고 넘치도록 감사한 일이다

사람과 길과 장벽

사람은 길이 되기도 하고
누군가의 장벽이 되기도 한다

길이 되는 사람은
자신도 누군가에게도 빛이 되게 하지만,

장벽이 되는 사람은
자신도 누군가에게도 어둠이 되게 한다

누군가에게 길이 되라

누군가에게 길이 되는 사람,
그 사람이야말로
진정으로 축복 받은 행복한 사람이다

바람 그리고 외로움

바람도 외로운 사람을 알아본다

외로운 사람 앞에서는 소리를 낮추고
될 수 있는 한
바람 날개를 조용히 흔들어댄다

바람은 아는 것이다

외로운 사람 눈 속엔
짙은 그늘 같은 슬픔이 고여 있다는 걸

외로운 사람이 바람을 좋아하는 것은
자신의 마음을 알아주기 때문이다

절박함이라는 인생의 교실

자신을

가장 깊이 들여다 볼 때는

절박한 외로움에 처했을 때이다

그렇다

이 때야 말로 자신을 가장 뚜렷이 보게 된다

절박함은 인생의 교실이다

절박한 외로움을 두려워하지 마라

울고 싶을 땐

죽을 만큼 힘들어
울고 싶을 땐
참지 말고 그냥 울어요

소리 내어 펑펑 울어도 좋고,
흐느끼듯 울어도 좋고,
이불을 뒤집어쓰고 울어도 좋고,
가슴이 시키는 대로 그냥 울어요

우는 것도
답답한 마음을 씻어내는 방법 중
매우 효과적이지요

그러니까 힘들고 답답할 땐
억지로 참지 말고
답답한 마음이 시원해질 때까지
그냥, 그냥 울어요

자연의 시

저기 저 꽃들, 저기 저 나무들,
저기 저 실개천과 점점이 나는 새들은
파릇파릇 빛나는 봄빛 시어들이다

그 시어들을 가지런히 모아 놓으면
살아 흐르는 한 편의 시가 된다

첫사랑 눈동자처럼 해맑은 오월,

오월은
사람도 눈에 띄는 그 무엇들도 다
거짓 없는 이름으로 쓴
자연의 시이다

별이 가슴에서 빛날 때

사랑이란 별은 시드는 법이 없습니다
언제나 싱그럽게 빛을 뿜어대지요
그래서 사랑을 품은 가슴은 언제나 따뜻합니다

그 사랑의 별이
가슴에서 떠나지 않게 해야 합니다
그 별이 떠나는 순간 그 가슴은
더 이상 따뜻한 가슴이 아니니까요

별이 가슴에서 빛날 때 그 사람의 사랑도
가장 아름답고 가장 영롱하게 빛나는 것입니다

마음의 필터

정수기 필터를
자주 갈아주어야 깨끗한 물을 마실 수 있듯,
마음의 필터를 자주 갈아 끼워야
생각도 행동도 맑아진답니다

사람들은 대게
이를 알고 있음에도 잘 실천하지 않습니다
너무나 빤한 것은
대충 하거나 아니면 스쳐 지나려는 마음 때문이지요

이는 매우 잘못된 일이지요
자신을 더러운 먼지 구석으로 떨어뜨려
아무렇게나 방치하는 것과 같기 때문입니다

먼지가 묻은 옷을 털어서 입듯,
먼지가 낀 마음은 날마다 깨끗이 씻어주어야 합니다
마음이 맑으면 자신은 물론
타인에게도 기분 좋은 일이니까요

꿈과 이상과 현실

꿈을
이상이라고 믿는 자에게는
이상일 뿐이지만,

꿈을
현실이라고 믿는 자에게는
바라는 것들의 현실이 된다

가장 강한 사람

자신을
이기는 자가 가장 강한 자이며,

원하는 것을
이룬 자는 자신을 이긴 자이다

그리운 이를 바라보듯

오랜만에
구름 한 점 없는 하늘을 마주했습니다

어찌나 맑고 푸른지
고개가 아프도록 바라보는데,

순간,
눈가에 물기가 어렸습니다

아주 근사한 명화名畫를 감상한 듯
마냥 환한 기분이 들었기 때문이지요

자연이 그린 맑고 푸른 명화

나는 그리운 이를 바라보듯
몇 번이고 하늘을 바라보았습니다

안녕이란 말은

우리 사는 동안에
안녕이란 말은 하지 않기로 해요
사랑하는 이와
만나고 헤어질 때면 더욱
안녕이란 말은 하지 않기로 해요
헤어짐의 아픔에 울어보지 않은 사람은
안녕이란 말 속에 들어있는
뼈아픈 슬픔을 알지 못해요
우리가 만나고 헤어지며 하는
'안녕'이란 말이 이별의 아픔을 가진
이들에게 그 얼마나 고통이라는 것을
겪어보지 않은 사람들은 알지 못합니다
우리 살아가는 동안 안녕이란 말은
하지 않기로 해요
안녕이란 말 대신 푸른 소나무처럼
향기로운 마음으로
'우리 또 만나요' 라고 말해 주세요

세월과 인간

세월은
인간을 이해하지 못한다

다만
자연법칙에 따라 흘러갈 뿐이다

좀 더
지금의 자신을 잘 살아야겠다

열정의 나이

생물학적인 나이 보다

더 중요한 것은

무엇을 이루겠다는 열정의 나이이다

아무렇지도 않게 행복한 날

초판 1쇄 인쇄 2022년 8월 17일
초판 1쇄 발행 2022년 8월 22일

지은이 김옥림
펴낸이 이태선
펴낸곳 창작시대사

주소 경기 고양시 일산동구 장백로 20 굿모닝힐 102동 905호
전화 031-978-5355
팩스 031-973-5385
이메일 changzak@naver.com
등록번호 제2-1150호 (1991년 4월 9일)

ISBN 978-89-7447-266-5 03810